Soltar la sopa

Escrito por
Theresa Jensen

Portada e ilustraciones por
Morgan Jensen

ISBN: 978-1-961684-10-2

My heartfelt thanks to
Morgan Jensen
Kodi Rain
Alicia Quintero
Gilma

Table of Contents

1 ¿Una segunda oportunidad? 9

2 Delaté a mi mejor amigo 15

4 La mamá más metiche del mundo 19

5 ¡Es MÍ dinero! 23

6 ¿Nomigos? 27

7 Pipi en la ducha 31

8 ¿Le puse los cuernos a mi novia? 35

9 ¿Soy la novia loca? 39

10 Chicas malas 43

11 Hora de confesiones 49

12 ¿Soy mentiroso patológico? 57

13 ¿Soy metiche por decirles a unes xadres
que su hijo es un monstruo? 61

14 Sin puerta 65

15 Involuntariamente veganes 69

16 ¿Cuándo les digo que soy queer? 73

Glossary 77

Soltar la sopa…

If you translate the title of this book, you know the title of this book is literally:

Spilling the soup

Yet this book has nothing to do with soup. Instead, it appeals to that desire inside of us to know other people's business. You know, the good *CHISME* (gossip)! In fact, a better translation of «soltar la sopa» is:

Spilling the tea

So, dive in and sip some tea with us. You will find yourself intrigued, outraged, amused and maybe even sympathetic, but one thing is for sure: you won't be able to stop!

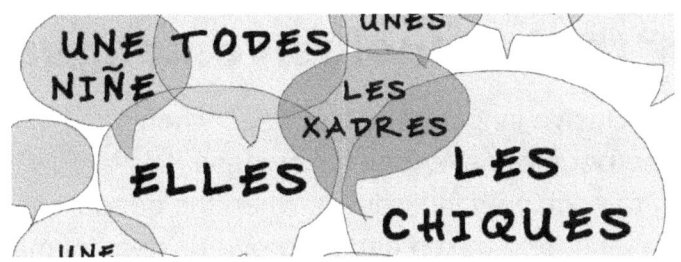

Who? You can find people using gender-inclusive Spanish throughout Spain and Latin America, but it is most popular in LGBTQ+ and feminist communities. Resistance is not uncommon. Language is always changing; no one complains about hundreds of new words being added each year – except words like "elle" and "todes". The language we use is more than just words. Rejection of gender-inclusive language discriminates against *people*.

Why did I write this book using inclusive language?

- Gives nonbinary individuals a way to express their identity
- Provides an alternative to prioritizing males, assuring everyone is equally seen and heard
- Helps people feel welcome, safe, and equally valued
- Supplies more gender-inclusive Spanish input to help readers acquire it
- Combats colonialism and honors native cultures in the Americas whose languages and cultures recognized other genders prior to the conquest and imposition of the Spanish language

FOR MORE INFORMATION (Plus resources!):
How to Use Gender-Inclusive Spanish in the Classroom with Maris Hawkins and Kodi Rain notes and resources:
https://tinyurl.com/usinginclusivelang

How to Use Inclusive Language

Gender-inclusive language is only used when naming or describing **people,** never objects or ideas. It is used when referring to nonbinary individuals, when the gender is unknown, and for a mixed gender group (instead of masculine plural, which ignores anyone not male). There is some variety in its use, but this is how it is used in this book:

yo
I

nosotros, nosotras, (nosotres) **we**

tú
you

vosotros, vosotras (vosotres) **you all**

él, ella, (elle,) Ud.
he, she, they, you

ellos, ellas, (elles) Uds.
they, you all

Let's talk pronouns!

The circled words refer to a nonbinary individual or a group of 2 or more genders

---

For nouns & adjectives ending in "O"

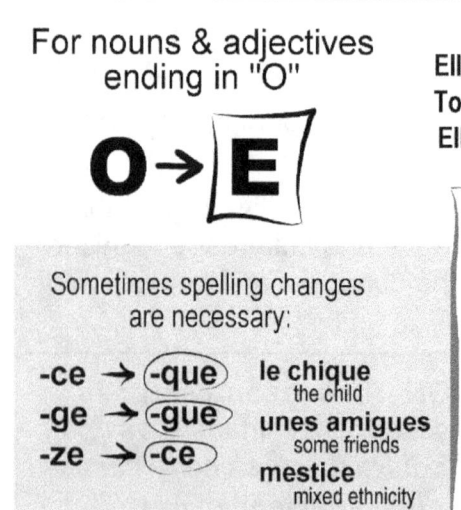

O → E

Sometimes spelling changes are necessary:

-ce → (-que)   le chique
the child

-ge → (-gue)   unes amigues
some friends

-ze → (-ce)   mestice
mixed ethnicity

Elle es une niñe   *They are a child.*
Todes lo saben.   *Everyone knows it.*
Elles son altes.   *They are tall.*

A few words to know:

el/la/lo	**le**
los/las	**les**
un/una	**une**
unos/unas	**unes**
padre	**xadre***
padres	**xadres***

*Xadre means "parent." The X sounds like an S. Xadres is used for "parents" where one or both are not male.

8

¿Una segunda oportunidad?

Mi corazón está roto[1] y no sé qué hacer. Mi novia "Jasmín" y yo teníamos la relación perfecta. Éramos muy felices – hasta el nuevo año escolar. Su exnovio "Hernán" estaba en su clase de biología. Ya que la clase era muy difícil, elles formaron un grupo para estudiar. Jasmín dijo que solo eran amigues. Yo no soy una persona celosa[2]. Yo *confiaba*[3] en ella.

Pero un día, Jasmín me admitió que su exnovio Hernán era "el que se fue"[4] y que ella quería darle otra oportunidad. Me dijo que lo nuestro se acabó[5]. Yo estaba totalmente destrozado. Yo no podía imaginar un futuro sin ella.

Un mes más tarde, ella me dijo que su exnovio era abusivo emocionalmente y horrible. Dijo que fue estúpido volver con él porque yo era el hombre ideal para ella. Me pidió perdón y dijo que me amaba a mí y solo a mí. Yo he soñado

---

[1]**roto** = broken
[2]**celosa** = jealous
[3]**confiaba** = trusted

[4]**el que se fue** = the one who got away
[5]**lo nuestro se acabó** = it's over between us

con este día. No quiero ser idiota pero también quiero ser feliz. ¿Qué hago?

No_confie_en_todo_el_mundo · 29d
¿Cómo sabes que fue la decisión de ella?
Probablemente él rompió con[1] ella y ahora ella está sola.
Tú no quieres ser plato de segunda mesa[2], ¿verdad?
Respétate a ti mismo 🙏

> Sandi-sandia · 29d
> Nadie quiere ser "una opción." Eso es lo que eres, solo una opción. No eres su prioridad. Si ella te abandonó una vez, lo hará[3] de nuevo[4]. Piensa en tu futuro y olvídate de Jasmín.
>
>
>
> El_ratoncito_perez · 28d
> Las personas nos enseñan[5] con sus acciones lo mucho o lo poco importantes que somos para elles. Cuando alguien como Jasmín te demuestra que no le importas, créelo. Si no, ella te lo

---

[1]**rompió con** = broke up with
[2]**plato de segunda mesa** = a second choice

[3]**lo hará** = she'll do it
[4]**de nuevo** = again
[5]**enseñan** = they show

11

demostrará de nuevo. ...  85

El_amor_sobre_todo · 29d
¿Tú la amas? Entonces, perdónala. No permitas que tu ego arruine todo. Tu felicidad es más importante que tu ego. ¡Vale la pena[1] darle otro chance!

... ⬆ 35 ⬇

No_seas_bobo · 29d
Y más importante que tu felicidad es el amor propio[2]. No permitir a una persona tóxica en tu vida se llama "límites[3]," no ego.

... ⬆ 143 ⬇

Le_loquite · 27d
Tu corazón tiene que tomar la decisión. Personalmente, yo creo que, si tu corazón todavía está roto *seis semanas más tarde*, no es una buena idea volver con ella. Es más, Jasmín estaba en una relación abusiva y necesita tiempo para sanar[4]. ¡Dale tiempo al tiempo![5]

...  95

Amichi_tuye · 26d
¡Eso! Si ella estaba en una relación abusiva, la solución no es entrar inmediatamente en otra

---

[1]**vale la pena** = it's worth it
[2]**amor propio** = self love
[3]**límites** = boundaries
[4]**sanar** = to heal
[5]**dale tiempo al tiempo** = give it time

relación romántica. Ella necesita ayuda
profesional.   ... ⇧ 64 ⇩

Macarrones_con_queso · 27d
No puedo ser el único[1] en pensar que no tienes el mejor
juicio[2]. Dices que tenías la relación perfecta. Pues, obvio
que no es así, si ella eligió a otro. Necesitas más tiempo
para reflexionar y tener más perspectiva. No tomes una
decisión hasta que estés seguro.

                                ... ⇧ 26 ⇩

----

[1]**el único** = the only one
[2]**juicio** = judgment

13

Delaté¹ a mi mejor amigo

Yo escribí un informe² para la clase de historia. Para estar bien informado, leí 2 libros y 15 artículos en internet. Pasé semanas escribiendo el informe. Mi mejor amigo, "Rico" también está en mi clase de historia. Él siempre copia mi tarea y yo se lo permito. No me gusta, pero es mi amigo. 🤷 Pero esta vez fue diferente. Esta vez yo NO se lo permití. Yo le insistí en que él **no** copiara mi informe. Yo le dije a Rico muy claramente:

> - *Si copias mi informe, el profe va a saberlo y los dos vamos a estar en problemas.*

Pero Rico no me hizo caso³ y *copió mi informe.* Luego, él lo entregó⁴. ¡No pude entregarlo yo porque Rico lo hizo primero!

Por eso, yo fui a hablar con el profe. Se lo dije todo y ahora Rico está suspendido por dos días y reprueba⁵ la clase. Él dice que yo soy mal amigo. ¿Soy yo el mal amigo o él?

⬆ 425 ⬇   💬 17   ↗

---

¹**delaté** = I told on
²**informe** = report
³**no me hizo caso** = didn't listen to me
⁴**lo entregó** = turned it in
⁵**reprueba** = he's failing

Sofia393 · 25d

Tu amigo no es un verdadero amigo. Les amigues respetan los límites[1]. Tú eres honesto y buena persona, y necesitas a amigues que también lo son.

... ⇧ 62 ⇩

> Sasafras421 · 25d
>
> ... ⇧ 29 ⇩
>
> No_guey_josé · 25d
> Tu "amigo" tiene un falso concepto de la amistad. Lo correcto era no copiar de ti. Punto.
>
> ... ⇧ 49 ⇩

Amichi_de_siempre · 24d

Yo sé que lo de tu amigo no era correcto, pero ¿cómo puedes hacerle eso a tu mejor amigo? Les amigues no les delatan[2] a les amigues.

... ⇧ 53 ⇩

> Rosa_la_hermosa84 · 24d
> Ah, bueno, seguramente tú también copias la tarea de tus amigues. Es por eso que tienes que justificar las malas acciones de ese "amigo". 😐
>
> ... ⇧ 74 ⇩
>
>> Amichi_de_siempre · 24d
>> Eyyy, mira tú. Ya puedes bajarte del pedestal[3]. Todes copiamos la tarea de vez

---

[1]**límites** = boundaries   [2]**no les delatan** = they don't rat out
[3]**bajarte del pedestal** = get off your pedestal

en cuando, pero les amigues son más importantes. ¡Valen la pena!

... ⇧ 6 ⇩

Rosa_la_hermosa84 · 23d
Exacto. Les *amigues* son más importantes. Cuando manipulas y robas el trabajo de tu amigo, tú eres mal amigo.

... ⇧ 24 ⇩

Sin_pelos_en_la_lengua · 23d
¿Por qué le permitiste copiar antes? Obvio tu amigo está acostumbrado[1] a copiar de ti y no entiende por qué ahora tú le dices que no. Hay consecuencias por tus decisiones y si vas a permitir que alguien copie tu tarea, va a pensar que siempre está bien.

... ⇧ 49 ⇩

Marcelololo · 23d
De acuerdo[2]. Simplemente es una de las verdades de la vida. Cada acción tiene una reacción. ¡Piensa antes de actuar[3]!

... ⇧ 52 ⇩

Francamente_franco · 23d
Muchas veces tomamos decisiones malas y *el_nerd_argentino* ya está pagando el precio. ¡Dale un break!

... ⇧ 8 ⇩

---

[1]**acostumbrado** = used to   [3]**actuar** = acting
[2]**de acuerdo** = agreed

La mamá más metiche[1] del mundo

Tengo catorce años. Mis amigues y yo nos comunicamos por las redes sociales[2]. ¡Obvio! Es normal para les jóvenes. Pero mi mamá dice que yo paso demasiado tiempo en línea. Ella no lo entiende. ¡Es mi vida social!

La semana pasada, mi mamá me arruinó la vida. Ella entró a todas mis redes sociales *usando mi información*. Ella escribió muchas cosas ridículas. Mi mamá dijo que tengo miedo[3] a la oscuridad. Dijo que pongo calcetines en mi bra. Ella puso fotos mías muy feas. ¡Son horribles! ¡No lo puedo creer! ¡Se le pasó la mano![4] ¡Qué oso![5] Le pregunté a mi mamá *¡¿por qué?!* y ella dijo que soy muy falsa y que necesito ser más honesta. Pero todes mis amigues publican las fotos más bonitas y no revelan sus secretos. Es normal. ¡Mi mamá es la peor[6]! ¿Qué voy a hacer ahora?

⬆ 254 ⬇   💬 12   ↗

---

[1]**metiche** = nosey, busybody   [4]**se le pasó la mano** = she went too far
[2]**redes sociales** = social media   [5]**¡Qué oso!** = How embarrassing!
[3]**tengo miedo** = I'm afraid   [6]**la peor** = the worst

Lo_que_dijo_ella · 12d

Posiblemente no te gusta mi respuesta, pero es un buen momento para reflexionar[1]. Sé más honesta con tus amigues. No trates de impresionar a todo el mundo. Es más importante ser tú misma[2], no proyectar la imagen perfecta.

... ⬆ 29 ⬇

> Gimena43 · 12d
>
> Les xadres[3] entienden más de lo que tú piensas. No son perfectes pero te quieren. Perdona a tu madre, pero cambia tu contraseña[4] ☺
>
> ... ⬆ 13 ⬇
>
>> Tommy_es_un_grunon · 12d
>>
>> No estoy de acuerdo para nada. Es verdad que les xadres no son perfectes, pero esto es excesivo. Esta es una violación de tus derechos[5]. Por favor, busca ayuda.
>>
>> ... ⬆ 52 ⬇
>>
>> Eso_no · 12d
>>
>> ¿¿Qué?? Eso no se hace. Les xadres no tienen el derecho de invadir tu espacio personal de esa manera. Tu madre no está en lo correcto. Tienes el derecho de estar muy enojada con tu madre.
>>
>> ... ⬆ 44 ⬇

---

[1]**reflexionar** = to reflect
[2]**tú misma** = yourself
[3]**les xadres** = parents (gender nonspecific)
[4]**contraseña** = password
[5]**derechos** = rights

Juan_wey13 · 11d

Es una violación de tus derechos. Perdón,
pero tu mamá no está bien. Esto es una
forma de abuso.

... ⇧ 49 ⇩

Chuchito1523 · 11d

Sí, es abusiva. Debes hablar con une
consejere[1] en la escuela.

... ⇧ 52 ⇩

---

[1]**une consejere** = a counselor

¡Es MI dinero!

Soy estudiante del colegio y tengo 17 años, pero mis xadres me tratan[1] como un niño. Por fin yo les convencí a permitirme tener un trabajo después de la escuela. Las condiciones eran: 1. llegar a casa antes de las 10 de la noche y 2. mantener buenas calificaciones[2] en todas mis clases. *A+*

Ahora tengo un trabajo en McDonald's y me gusta. Mis calificaciones son todas As. Yo estudio mucho y soy muy responsable. PERO AHORA mis xadres dicen que yo tengo que poner todo el dinero que gano en el banco. Si no lo hago, tengo que renunciar[3] mi trabajo en McDonald's. Elles dicen que necesito pensar en mi futuro. Dicen que necesito hacer voluntariados[4] y otras actividades para tener más chance de recibir becas[5]. ¡No es justo! Yo cumplí con lo mío[6] y ahora elles inventan más condiciones. No es justo. 😠

Por eso, mis xadres no lo saben (shhh), pero

---

[1]**me tratan** = they treat me
[2]**calificaciones** = grades
[3]**renunciar** = to quit
[4]**voluntariados** = volunteering
[5]**becas** = scholarships
[6]**cumplí con lo mío** = I did my part

les dije que estoy haciendo voluntariados en el hospital, pero sigo trabajando en McDonald's. No me gusta mentir[1], pero ¿qué más hago si me tratan como bebé?

Becario888 · 21d

Opinión impopular, pero tus xadres saben más que tú. Debes hacerles caso[2] porque tú solo estás pensando en el momento y elles están pensando en tu futuro.

... ⬆ 15 ⬇

> **Latte_sin_leche** · 21d
> Em... les xadres estarán[3] pensando en su futuro, pero es un futuro muy específico, uno que elles quieren. ¿Y qué futuro quiere *Gato_loco*? ¿A les xadres les importa?
>
> ... ⬆ 55 ⬇
>
> **Maya_la_guapa1** · 20d
> ¿Por qué les xadres piensan que la única opción para el futuro es ir a la universidad? Hay muchas otras opciones. Trabajé como aprendiz[4] por 4 años y ahora soy plomera[5]. 🧑 Me gusta mi trabajo y gano más dinero que mis amigues que

---

[1]**mentir** = to lie
[2]**hacerles caso** = listen to them
[3]**estarán** = they're surely thinking

[4]**aprendiz** = apprentice
[5]**plomera** = plumber

fueron a la universidad.

...  72

Policia_de_gramatica · 20d
Les xadres necesitan aprender a vivir sus propias[1]
vidas en vez de[2] tratar de controlar las vidas de
sus hijes.

...  94

Nebula532 · 19d
Dices que no quieres ser tratado como bebé, pero las
personas maduras[3] dicen la verdad. El paso número uno
si quieres que tus xadres te vean como adulto es ser
honesto.

...  58

Selena_vive · 19d
¿Por qué no propones[4] un acuerdo[5]? Haz un plan
y preséntalo a tus xadres. De esa manera, elles
sabrán que no eres un niño y que estás pensando
en tu futuro.

... ⬆ 35 ⬇

Senorita_salsita · 18d
¡Exacto! Por ejemplo, puedes seguir
trabajando en McDonald's pero poner 50%

---

[1]**propias** = own   [4]**propones** = you propose
[2]**en vez de** = instead of   [5]**un acuerdo** = an agreement
[3]**maduras** = mature

de tu dinero en el banco. ¡Te van a tomar en serio!

... ⬆ 41 ⬇

¿Nomigos?

Soy una chica de 16 años y mi mejor amigo, "Beto," es un chico de 17 años. Nosotres pasamos todos los días juntos[1] y hablamos de todo. Cuando invitan a une de nosotres, ya saben que les dos vamos a estar. Todo el mundo piensa que tenemos algo[2], pero no es verdad. Somos solo mejores amigues.

Hace un par de semanas, salí en una cita[3] con un chico de mi trabajo, "Rafa". Estoy muy feliz con él. Cuando yo hablaba con Beto sobre Rafa, él respondía de una manera rara[4]. Él cambió de tema[5] o no habló mucho. Y ahora él inventa excusas para no ir a mi casa y a veces no responde a mis textos. No entiendo qué pasa. Es más, Rafa y Beto son buenos amigos. Me gusta Rafa, pero Beto es mi mejor amigo. No quiero perderlo. Yo rompería[6] con Rafa porque nuestra amistad vale la pena. ¿Qué debo hacer?

Editado: No me *gusta* Beto, solo lo quiero

----

[1]**juntes** = together
[2]**tenemos algo** = we are a thing
[3]**una cita** = a date
[4]**rara** = strange
[5]**cambió de tema** = changed the subject
[6]**rompería** = I would break up

como amigo. Creo que él se siente igual.

⬆ 364 ⬇ 💬 14 ↗

Eso_no_es_un_taco · 15d
A veces lo más obvio es difícil ver. Lo obvio, en tu caso, es que tu mejor amigo Beto tiene celos[1] de Rafa. Beto quiere ser algo más que tu mejor amigo.

... ⬆ 63 ⬇

Miguelangel777 · 15d
Sí, es obvio. Posiblemente aún[2] Beto no lo sabe, pero él tiene celos de Rafa.

... ⬆ 42 ⬇

Debbie_downer · 15d
Y tengo malas noticias para ti. Si él siente algo por ti y sus sentimientos no son correspondidos[3], nada será lo mismo entre ustedes.

... ⬆ 39 ⬇

Es_que_me_gustan_los_panqueques · 14d
Pero también considera que un romance entre mejores amigues tiene muchas posibilidades. ¡Mi esposo es mi mejor amigo!

... ⬆ 59 ⬇

---

[1]**tiene celos** = he's jealous
[2]**aún** = even
[3]**sentimientos no son correspondidos** = feelings aren't mutual

No_toques_mi_mofongo · 14d

Depende. Yo quiero saber si tú has tenido citas con otras personas y si Beto respondió así. Puede ser algo sobre Rafa en particular.

...⬆ 38 ⬇

Porque_no · 14d

¡Buen punto! Habla con tu mejor amigo. Si él es amigo de Rafa, posiblemente él sabe algo que tú no. Será difícil, pero ten una mente abierta[1] para escuchar lo que él te diga. ¡Buena suerte[2]!

...⬆ 43 ⬇

Pamela_pomelo · 14d

Sí – habla con tu mejor amigo. No hay otra manera de resolver la situación.

...⬆ 16 ⬇

----

[1]**mente abierta** = open mind
[2]**buena suerte** = good luck

Fresa_torpe · 12d

Pipi[1] en la ducha

La semana pasada nosotras estábamos jugando el juego *Verdad o consecuencias* y admití que hago pipi en la ducha. Mi amiga se puso[2] histérica. -¡Qué asco! No haces pipi en *MI* ducha, ¿¿verdad??- Yo le dije que no es para tanto. Todo el mundo lo hace, ¿no?

⬆ 513 ⬇   💬 17   ↗

Tronco_en_mi_ojo · 12d

¡Eres una cochina[3]! Los *seres humanos[4]* usamos el inodoro[5]. Si tú haces pipi en la ducha, ¿qué más haces? ¿Echas basura en el piso de la casa? ¿Pones chicle[6] usado en el sofá? ¿Comes los mocos[7]? Si yo fuera tu amiga, no te invitaría a mi casa tampoco. Por favor, sé un poco más civilizada.

... ⬆ 44 ⬇

> Paja_en_mi_ojo · 12d
>
> No seas tan santurrona[8], *Tronco_en_mi_ojo*. No eres perfecta. ¿Qué derecho tienes de juzgar[9] a *Fresa_torpe*?
>
> ... ⬆ 62 ⬇

----

[1]**pipi** = pee
[2]**se puso** = she became
[3]**cochina** = pig
[4]**seres humanos** =
    human beings

[5]**inodoro** = toilet
[6]**chicle** = gum
[7]**mocos** = boogers
[8]**santurrona** = perfect, saintly
[9]**juzgar** = to judge

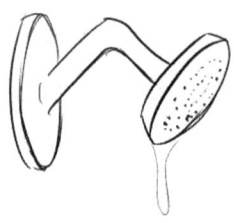

Mango_tango51 · 12d
Perdóname, *Paja_en_mi_ojo*, pero tengo que informarte que todos estamos aquí para juzgar 😜

... ⬆ 58 ⬇

Guey_tranquis · 11d
Si tu amiga está enojada por algo tan trivial, no vale la pena. Si no te invita a su casa, ven a mi casa. Puedes hacer pipi en mi ducha tantas veces como quieras[1], con tal de que[2] no hagas número dos 😊

... ⬆ 134 ⬇

Bobo999 · 11d
Hay dos tipos de personas: los que[3] hacen pipi en la ducha y los mentirosos 😄

... ⬆ 153 ⬇

---

[1]**tantas veces como quieras** = as many times as you want
[2]**con tal de que** = provided that, as long as
[3]**los que** = the ones that, those who

¿Le puse los cuernos[1] a mi novia?

Yo, un chico de 18 años, estoy con mi novia, pero todo no va bien. No tenemos nada en común y discutimos[2] sobre cosas triviales todo el tiempo. La semana pasada, por fin decidí romper con[3] ella, pero su perro murió 🐶 🪦. Ella estaba tan triste 👻 … yo no pude hacerlo. Decidí esperar una semana.

La noche siguiente[4], yo tenía una sesión de estudiar con algunes estudiantes de mi clase de historia. Debo mencionar que hay una chica en mi clase de historia que me interesa. Ella fue a nuestra sesión y se sentó conmigo. Hablamos toda la noche y, al final, nos besamos[5] 😚. Yo estaba súper feliz… ¡hasta ver que otro estudiante tomó una foto del beso y la puso en las redes sociales! 😨

Claro, mi novia vio la foto, y ahora le está diciendo a todo el mundo que soy infiel[6].

----

[1] **le puse los cuernos a** = I cheated on
[2] **discutimos** = we argue
[3] **romper con** = break up with
[4] **siguiente** = following
[5] **nos besamos** = we kissed
[6] **infiel** = unfaithful

Todes mis amigues me odian[1]. ¿Soy yo el idiota?

Botánica_del_amor · 19d
No puedo pensar en algo más horrible que romper con tu novia cuando murió su perro. Oh – sí, puedo. *Ponerle los cuernos* a tu novia cuando murió su perro y que ella lo descubra por ver una foto en Internet (¡¡!!). Le regaste bien feo[2], amigo. 🗿

... ⬆ 165 ⬇

> **Botaaassss123** · 19d
> No existe el concepto de ser "técnicamente fiel[3]." Ahora tienes que vivir con las consecuencias.
>
> ... ⬆ 102 ⬇
>
> **Chanclas859** · 19d
> Tú hablas como si fueras tan considerado de los sentimientos de tu (ex)novia, para luego hacer algo *peor*. Todavía[4] tenías novia y besaste a otra.
>
> Puedes hacer mejor.
>
> ... ⬆ 77 ⬇

---

[1]**odian** = they hate   [3]**fiel** = faithful
[2]**le regaste bien feo** = you really blew it   [4]**todavía** = still

36

Viviana_la_vida · 18d

Qué inspiradores son todes ustedes con sus vidas perfectas. 😐 Sinceramente, creo que *Diesel_el_gato* se equivocó[1], pero son muy fuertes[2] los críticos aquí.

... ⬆ 53 ⬇

Tom_tom · 18d

¿Fuertes críticos? ¡Bienvenida al internet, *Viviana_la_vida*! 😂

... ⬆ 76 ⬇

Hakuna_Matias · 17d

Aprendiste una lección muy difícil. Las personas sufren cuando no dices la verdad. No es un desastre total si aprendes algo.

... ⬆ 134 ⬇

Gominola25 · 17d

Sí, es una buena lección de vida, siempre ser sincero y hacer lo correcto, por muy difícil que sea[3]. Si sigues los impulsos, hay consecuencias.

... ⬆ 62 ⬇

---

[1]**se equivocó** = made a mistake
[2]**fuertes** = strong, harsh
[3]**por muy difícil que sea** = no matter how hard it may be

¿Soy la novia loca?

Mi novio me puso los cuernos una vez. Obvio yo estaba furiosa, pero lo perdoné. Desde entonces, él ha sido el novio ideal. Me trata como reina[1]. Siempre invita[2] cuando vamos a un restaurante, me da mucha atención, mandándome textos todo el tiempo, diciéndome que soy hermosa y su novia perfecta.

Pero ayer por accidente yo vi un mensaje de texto en su teléfono de una tal "Jessica" que decía: - *Nos vemos en nuestro Subway a las 7.*- Yo no le dije nada a mi novio, pero decidí ir a las 7 para ver. Cuando yo fui a Subway, yo vi a mi novio con una chica muy bonita. Yo le pregunté quién era ella y él se puso furioso. Se puso indignante. Me dijo que yo no respetaba su privacidad, que yo no le confiaba[3] en él. Dijo que esa chica era su prima. Luego, él dijo que yo no era la chica para él por ser muy celosa.

---

[1]**reina** = queen
[2]**invita** = pays the check
[3]**confiaba** = trusted

Ahora estoy triste porque realmente lo amo.
Fue un accidente el leer sus textos, de verdad.
Pero, ¿tú crees que esa chica realmente es su
prima? ¿Crees que se me pasó la mano y
arruiné todo? ¿Qué debo hacer?

 304    11

---

miauuuu24 · 52d
Ah, claro, era su prima 🙄 . Chica, no arruinaste nada.
Ese chico no vale la pena[1]. Olvídate de[2] ese *loser*.

... ⬆ 123 ⬇

> Badapapapa · 52d
> Solo eres "la novia loca" si tú crees las mentiras[3]
> de ese manipulador. ¡Escápate ya!
>
> ... ⬆ 78 ⬇

Loco_en_el_coco · 51d
Cuando alguien es infiel, si quiere ganar tu confianza[4]
otra vez, necesita ser más transparente, más honeste. Si
tu no confías en él, es por algo[5]. Confía en tus instintos y
rompe con él.

... ⬆ 153 ⬇

---

[1]**no vale la pena** = is not worth it   [4]**confianza** = trust
[2]**olvídate de** = forget about   [5]**es por algo** = it's for a reason
[3]**mentiras** = lies

la_islena305 · 51d
Es lo que dice mi mamá jaja. Pero en serio, tienes razón.

... ⬆ 25 ⬇

Xiomara25 · 51d
▶▶▶ *"Me trata como reina"* significa que no respeta tu autonomía. Es decir, no quiere una relación entre dos personas iguales. Y *"mandándome textos todo el tiempo"* significa que no confía en ti y que quiere controlarte. Este hombre es peligroso[1]. Corre por tu vida.

... ⬆ 62 ⬇

Mexi-mama525 · 51d
Para mí, esas cosas no son necesariamente problemáticas, pues prefiero los roles de género[2] más tradicionales. PERO lo que sí me preocupa es la reacción de él a tu pregunta inocente. Cuando él se puso furioso y defensivo contigo, sus tendencias de manipulación psicológica eran muy evidentes. ¡No ignores las señales[3]! ▶▶▶

... ⬆ 51 ⬇

---

[1]**peligroso** = dangerous
[2]**roles de género** = gender roles
[3]**las señales** = the signs

Just_Jane · 51d

Para ser lo más franca posible, como dice uno de mis libros favoritos, ¡corre y no mires atrás[1]!

... ⬆ 43 ⬇

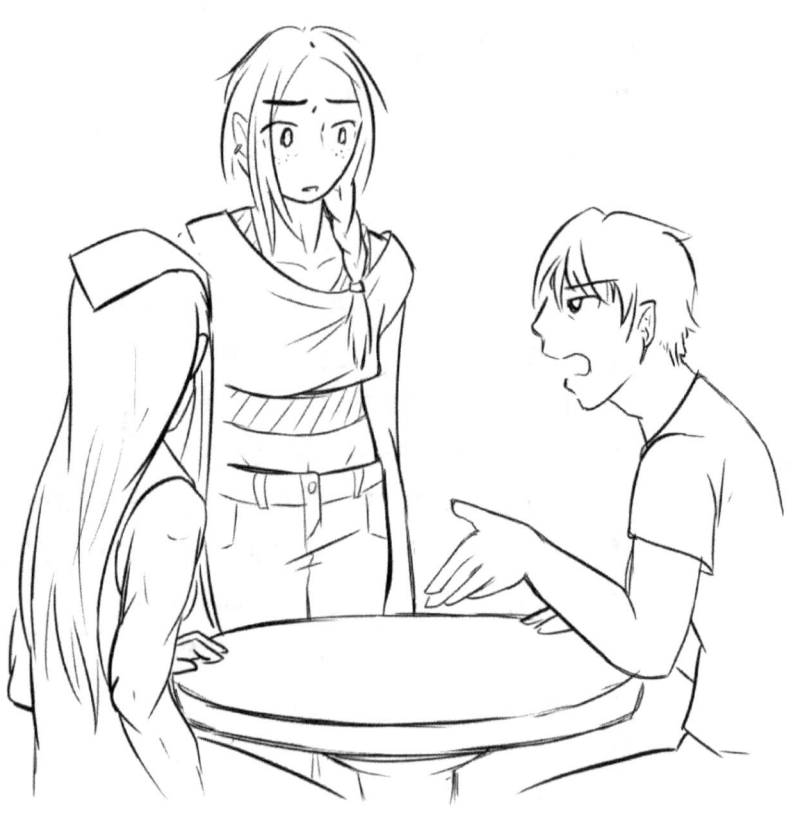

---

[1]**atrás** = back   *refiere al libro "Las sombras" por A.C. Quintero*

Chicas malas

"Micaela" y yo somos mejores amigas desde los 7 años. Bueno, *éramos* mejores amigas. Las dos tenemos 14 años y acabamos de empezar high school. Micaela conoció a un nuevo grupo de chicas "populares." Ellas la aceptaron en su grupo y Micaela estaba muy contenta porque siempre quería ser popular. El problema es que el grupo es muy antipático y cruel. Les hacen mucho bully a les otres estudiantes del colegio. Yo traté de convencerla de eso, pero no le importaba. Yo le dije que, si prefería estar con esas chicas malas, yo no podía más ser su amiga. Adivina[1] a quién ella eligió[2] 😔

Hace dos días, las chicas malas descubrieron que "César," el hermano de Micaela, era gay y le hicieron bully. Micaela por fin abrió los ojos. Ella estaba muy enojada que sus "amigas" fueran tan homofóbicas y malas.

Ahora Micaela me pide perdón[3]. Dice que yo tenía razón[4] y que nuestra amistad es muy

---

[1]**adivina** = guess
[2]**eligió** = she chose
[3]**me pide perdón** = says she's sorry

[4]**tenía razón** = I was right

importante para ella. Pero yo creo que las amigas verdaderas[1] no se abandonan así. ¿Debo perdonarla?

 463  14

Celio_el_gato · 33d
Ella dice que te quiere, pero las acciones también hablan. Como dijo la Maya Angelou: "Si alguien te demuestra[2] quién es, créele la primera vez." En el momento que ella no te necesitaba, te abandonó. Y ahora que ella te necesita, quiere que tú la perdones. Esa no es una buena amiga.

...  72

> Sacapuntas_tortuga · 33d
> ¿Y qué pasa la próxima vez que ella tiene la oportunidad de ser popular? ¿Cómo sabes que ella no lo va a hacer de nuevo[3]?
>
> ... 28
>
>> Jimmy_y_sus_duraznos · 33d
>> ¿Nunca tenías catorce años? No es un caso perdido[4].
>>
>> ...  53

---

[1]**verdaderas** = true
[2]**demuestra** = shows

[3]**de nuevo** = again
[4]**caso perdido** = lost cause

Evie_y_Jeffy · 32d
Sí, les buenes amigues son rares.
Vale la pena[1] luchar[2] por elles. Dale
otro chance.

... ⬆ 68 ⬇

Cronosaurios · 31d
Era muy feo[3] lo que ella te hizo. Pero ustedes solo tienen
catorce años y van a hacer cosas estúpidas. No quieres
perder a una amiga tan importante, ¿verdad?

... ⬆ 41 ⬇

Se_me_olvido_otra_vez · 31d
¿Qué aprendiste de esta experiencia? ¿Qué
aprendió tu (ex)amiga? En la vida hay muchas
lecciones que aprender, pero hay muy pocas
amigas de verdad. Es posible aprender y ser aún
mejores amigas después.

... ⬆ 39 ⬇

Rana_catalana · 31d
También es posible aprender que esa amiga es
una rata[4] y que estás mejor sin ella jaja.

... ⬆ 59 ⬇

5

---

[1]**vale la pena** = it's worth it   [3]**feo** = ugly, not nice
[2]**luchar** = to fight   [4]**una rata** = a rat

Team_rocket514 · 31d
Qué bueno, tu amiga abrió los ojos cuando le hicieron bully a su hermano. ¿Pero estuvo bien con todas las otras personas, incluso contigo?

... ⬆ 78 ⬇

> Team_aqua333 · 30d
> A veces cuando tenemos una obsesión o pasión, podemos olvidar[1] quiénes somos. Especialmente cuando solo tenemos 14 años. Dale un break, por fa.
>
> ... ⬆ 29 ⬇
>
> > Team_magma298 · 30d
> > Tengo 14 años y yo nunca haría[2] eso a mis amigues. No hay que tener 30 años para saber distinguir el bien y el mal[3].
> >
> > ... ⬆ 63 ⬇

---

[1]**olvidar** = to forget
[2]**haría** = would do

[3]**distinguir el bien y el mal** = to tell right from wrong

Soy_un_asco · 7d

Hora de confesiones

Leí sobre una chica que admitió que hacía pipi en la ducha y me hizo preguntarme[1], ¿Cuáles otras cosas hacen las personas que a elles les parecen[2] normal, pero a otras personas no?

¡Comparte con la comunidad aquí! Yo empiezo: ¡yo casi[3] nunca lavo mis brasieres!

⬆ 2k ⬇   💬 54   ↗

Vivan_los_sujetapapeles · 7d
Yo tampoco.   ... ⬆ 13 ⬇

> Los_sujetapapeles son mi némesis · 7d
> ¿Cómo no hueles[4] mal?  ¿Para qué bañarte si solo vas a ponerte ropa sucia después?
>
>   ... ⬆ 22 ⬇
>
> Vivan_los_sujetapapeles · 7d
> Obvio si huelen mal, me las lavo. Solo que no es necesario mucho.   ... ⬆ 18 ⬇

----

[1]**me hizo preguntarme** = it made me wonder
[2]**a elles les parecen** = they seem to them
[3]**casi** = almost   [4]**hueles** = you smell

49

La_grapadora_misteriosa · 6d

Cero juicios[1] aquí. ¡Vamos a oler[2] mal juntas!

... ⬆ 72 ⬇

Vivan_los_sujetapapeles · 6d

... ⬆ 54 ⬇

Vanguardia987 · 6d

No lavo las frutas y las verduras del supermercado antes de comerlas.

... ⬆ 35 ⬇

Hola_hola_coca-cola · 6d

¿Te gusta comer pesticidas? Mmmm, ¡qué delicioso! 😋

... ⬆ 37 ⬇

Que_pasa_calabaza · 6d

Los pesticidas son un problema, sí, pero también hay muchos bacterios y te vas a enfermar.

... ⬆ 29 ⬇

Nada_nada_limonada · 5d

¡Yo tengo la solución! No como las frutas y las verduras. ¡Es más saludable[3]! 😬

... ⬆ 49 ⬇

---

[1]**juicios** = judgments
[2]**oler** = to smell

[3]**saludable** = healthy

Que_pasa_calabaza · 5d

... ⬆ 32 ⬇

Flor_de_paz · 5d
Uso el cepillo[1] de dientes de otra persona si no encuentro el mío.

... ⬆ 15 ⬇

Super_mario_123 · 5d
¿¿Qué?? Tengo tantas preguntas... ¿Solo usas el cepillo de dientes de tu novie? ¿O también de une hermane o une amigue? Y luego, ¿lo admites a la persona después o es un secreto? 🤢

... ⬆ 24 ⬇

La_becerra531 · 5d
Tomo leche directamente de la jarra[2]. ¿Y qué?[3]

... ⬆ 18 ⬇

---

6 más comentarios

Manzanas_malas · 4d
Yo beso[4] a mi perro en la boca. También comemos un helado juntos.

... ⬆ 29 ⬇

----

[1]**cepillo** = brush
[2]**jarra** = jug

[3]**¿Y qué?** = So what? What of it?
[4]**beso** = I kiss

52

Penny_pepitas52 · 4d

Yo leo el final del libro primero porque no me gustan las sorpresas.

... ⬆ 22 ⬇

> Alicia_la_lista · 4d
> Admítelo, no lees el libro entero, ¿verdad?
>
> ... ⬆ 33 ⬇

> Penny_pepitas52 · 4d
> Ummm.... 💁
>
> ... ⬆ 28 ⬇

Es_mi_circo42 · 4d

Me gusta el olor[1] de mis pedos[2] 💨 . A veces yo como frijoles para hacerlo más 🌀 .

... ⬆ 17 ⬇

> Fifi_rodriguez08 · 4d
> ¡Qué asco!   Hermano, ¿eres tú?
>
> ... ⬆ 26 ⬇

> > l_dont_juana_ · 4d
> > ¡Uf! Parece que todos los hermanos son así. ¡El mío[3] es un animal también! 😆
> >
> > ... ⬆ 37 ⬇

---

[1]**el olor** = the smell   [3]**el mío** = mine
[2]**pedos** = farts

53

Rosita_y_los_zapatos_magicos · 4d

Ok yo iba a decir que a todos les gusta (o simplemente no les molesta) el olor de sus pedos, pero se te pasó la mano[1]. ¿Quieres tener más gas solo para oler tus pedos? Creo que estás un poco mal psicológicamente.

... ⬆ 27 ⬇

Rogelio_de_la_vega1 · 3d

Hago la cama todos los días y juzgo a las personas que no lo hacen.

... ⬆ 39 ⬇

Xiomara_Villanueva1 · 3d

Yo nunca hago la cama[2] y juzgo a las personas que *sí* lo hacen.

... ⬆ 48 ⬇

Michael_Cordero34 · 3d

Hay mucho juzgar por aquí... ¡y por algo que no vale la pena!

... ⬆ 14 ⬇

Taquitos_de_amor423 · 3d

Creo en la regla de 5 segundos. Cualquier cosa[3] que cae al piso, ¡yo me la como!

... ⬆ 98 ⬇

----

[1]**se te pasó la mano** = you've gone too far
[2]**la cama** = the bed
[3]**cualquier cosa** = whatever (thing)

Mi_vida_es_macarrones_con_queso · 3d

Yo también, pero hay excepciones. Por ejemplo, si es macarrones[1] con queso, NO, no me los como. Si es un chicle[2] de mi boca, no me lo como. Pero si es un Oreo, ¡sí, me lo como!

... ⬆ 58 ⬇

El_cientifico452 · 3d

No creo que los bacterios esperen 5 segundos...

... ⬆ 65 ⬇

No_hay_perro_que_valga · 3d

Tú no tienes perros, ¿verdad? ¡Mi perro no espera[3] 5 segundos!

... ⬆ 83 ⬇

---

[1]**macarrones** = macaroni
[2]**chicle** = chewing gum

[3]**no espera** = doesn't wait

Juanito_platano · 18d

¿Soy mentiroso[1] patológico?

Me llamo Tjorven. No es un nombre común aquí y estoy cansado de repetirlo mil veces. ¡Las personas todavía[2] lo pronuncian mal! Por eso, siempre les digo que mi nombre es Tim Bob. No es muy común, pero es fácil de pronunciar. Cuando vamos a Starbucks, elles dicen "Tim Bob" y sé que es para mí. Es más, creo que es cómico y cuando escucho "Tim Bob," me hace reír[3].

Yo no vi ningún[4] problema con eso hasta ayer cuando mi novia y yo fuimos a Starbucks. Ella dice que debo dar mi nombre real. Dice que si yo miento sobre eso, probablemente miento sobre otras cosas. Ella cree que yo soy mentiroso patológico. ¿Tiene razón[5]?

⬆ 223 ⬇   🗨 21   ↗

Filifilimini444 · 18d
Trabajo en Starbucks y hay nombres únicos[6] todo el

----

[1]**mentiroso** = liar
[2]**todavía** = still
[3]**me hace reír** = it makes me laugh
[4]**ningún** = no, not any
[5]**¿tiene razón?** = is she right?
[6]**únicos** = unique

tiempo. Hay personas que dicen que su nombre es Batman, Mary Poppins, etcétera. Hace mi día más interesante. No veo el problema.

... ⇧ 54 ⇩

Chiquinene3 · 18d
Creo que es la solución perfecta. Me llamo Teresa. Es un nombre muy común, pero lo escriben mal todo el tiempo. Por ejemplo: Tere, Terraza, Tercia, Trías. ¡No puedo imaginar como escribirían tu nombre, Tjorven!

... ⇧ 21 ⇩

Tengo_la_camisa_negra · 18d
Tu novia probablemente tenía malas experiencias en el pasado. Probablemente en otras relaciones las personas no eran honestas con ella y ahora ella cree que tú eres igual. Habla con ella y sé paciente.

... ⇧ 42 ⇩

Ig-juana · 18d
Sí, tiene que ser algo en el pasado de tu novia. Usar un nombre diferente para tu Starbucks no es para tanto[1].

... ⇧ 36 ⇩

Apio_gordo411 · 17d
Tu novia no está loca. Las personas que mienten con las cosas pequeñas mienten con las cosas grandes también.

... ⇧ 6 ⇩

---

[1]**no es para tanto** = it's not a big deal

Papa_flaca114 · 17d

¿Y qué tal si tu nombre es Adalberto pero prefieres "Beto"? ¿Es mentira decir que tu nombre es Beto?

... ⬆ 18 ⬇

Apio_gordo411 · 17d

Claro que no. Pero si digo que mi nombre es Helado de Chocolate cuando mi nombre es Todd, eso es mentira.

... ⬆ 28 ⬇

3 más comentarios

¿Soy metiche¹ por decirles a unes xadres² que su hijo es un monstruo?

La semana pasada yo estaba comiendo en McDonald's con mis amigues cuando vi a un niño de 6 o 7 años que corría por el restaurante, gritando como loco. Les xadres no hicieron absolutamente nada. Cuando el niño empezó a comer el catsup PONIENDO SU BOCA EN LOS DISPENSADORES, yo no pude más³. Yo les grité a les xadres – *Controlen a ese monstruo, por Dios⁴. -*

Pues, les xadres se enojaron conmigo y me dijeron que yo era metiche. El gerente⁵ del McDonald's llegó para ver lo que estaba pasando y nos echaron⁶ a TODES nosotres. ¿Quién estaba en lo correcto?

 143    11

---

¹**metiche** = busybody   ⁴**por Dios** = for heaven's sake
²**xadres** = parents   ⁵**gerente** = manager
³**no pude más** = I couldn't   ⁶**nos echaron** = they kicked us out
         take it anymore

La_reina100_ · 26d

Tú no hiciste nada malo. Eses xadres necesitan saber que lo que hacía su hijo NO estaba bien. Pena[1] que el estúpido gerente de McDonald's no haya manejado[2] bien la situación.

... ⬆ 43 ⬇

> Pizza_con_peperonisss · 26d
>
> Sí, cuando yo era pequeño, sabíamos que todos los adultos tenían el derecho[3] de disciplinarnos. Era como una comunidad de xadres.
>
> ... ⬆ 13 ⬇
>
>> Mama_oso · 26d
>>
>> Las cosas ya no son así. Si tocas a mi hijo, vas a saber quién soy[4].
>>
>> ... ⬆ 23 ⬇
>>
>>> Pizza_con_peperonisss · 25d
>>>
>>> Bueno, controla a tu hijo y no habrá problema.
>>>
>>> ... ⬆ 20 ⬇
>>>
>>> 3 más comentarios

---

[1]**pena** = shame
[2]**manejado** = managed
[3]**el derecho** = the right

[4]**vas a saber quién soy** = you will find out who you're messing with

Patita_103 · 25d

Parece que necesita un exorcismo. Ese niño es un demonio. 😈

... ⬆ 343 ⬇

Cachimayo100 · 25d

¡Qué asco! Gracias por decir algo porque yo no quiero usar el cátsup después de eso.

... ⬆ 31 ⬇

Si_pero_no · 25d

Se puede decir que tenías razón en esta situación, pues verdad que el niño no debía hacer esas cosas, verdad que les xadres debían hacer algo. PERO hay que pensar antes de actuar[1]. ¿Cómo responde una persona cuando alguien critica a su hijo? Responde de una manera defensiva, ¿no? Eso no es productivo. Es mejor reportarlo al restaurante y no manejar la situación tú.

... ⬆ 29 ⬇

----

[1]**pensar antes de actuar** = think before acting

Sin puerta

Soy un joven de 15 años y mis xadres son horribles. No me permiten hacer nada. Mi mejor amigo me invitó a su casa para pasar la noche jugando videojuegos con nuestres amigues. Nada malo, muy inocente 😇. Pero mis xadres me dijeron que no.

Pues, yo no lo acepté. Esa noche yo cerré la puerta de mi cuarto y salí por la ventana. La mañana siguiente, elles descubrieron que yo no estaba. Se volvieron loques[1]. Me trataron como criminal. Me castigaron[2] y no me van a permitir salir con amigues por dos meses. Y eso no era todo. QUITARON[3] LA PUERTA DE MI CUARTO. ¡Sí! ¡Tengo CERO privacidad! No puedo vivir así. ¿Qué hago? 🫨

⬆ 89 ⬇   💬 14   ↗

---

[1]**se volvieron loques** = they went crazy
[2]**me castigaron** = they grounded me
[3]**quitaron** = they took away

El_gato_ensombrerado · 45d

Guau, tus xadres son peores que les míes. ¡Buena suerte!

... ⬆ 13 ⬇

Perrosnoopyoyo · 44d

Hmmm aquí hay gato encerrado[1]. Quitar la puerta de tu cuarto es algo realmente drástico. Amigo, reflexiona[2] un poco. ¿Qué has hecho para que tus xadres no confíen en ti?

... ⬆ 8 ⬇

Tweety_pie · 44d

Inmediatamente echas la culpa[3] a la víctima, guau. Les xadres se les ha pasado la mano. Quitar la puerta para que no tenga espacio personal es muy drástico. Lo único que un hijo aprende de esto es odiar a les xadres y no confiar en los adultos.

... ⬆ 23 ⬇

Cubo_magico22 · 44d

Exacto. La privacidad es un derecho básico. ¿Cómo vas a vestirte? Habla con tus xadres seriamente. Elles deben por lo menos[4] poner una cortina o algo. Si elles no responden de una manera favorable, habla con une consejere en la

---

[1]**aquí hay gato encerrado** = there is something fishy here
[2]**reflexiona** = reflect, think

[3]**echas la culpa** = you blame
[4]**por lo menos** = at least

escuela. Posiblemente te da más opciones.

... ⇧ 25 ⇩

5 más comentarios

¿Involuntariamente veganes?

Mi hermana (14 años) recientemente decidió ser vegana. Es decir, no va a comer ningún producto de animales. Dice que es inhumano y que todos nosotres también debemos ser veganes.

Como en muchas familias, nuestro padre es el que prepara la comida para la familia. Yo creo que él es muy considerado. Ahora él prepara comida vegana todos los días, pero a veces prepara carne también para el resto de nosotres.

Sin embargo[1], mi hermana no está contenta. Ella dice que no se debe cocinar carne y hasta[2] no tener productos de animales *en la casa*. Y mi papá quiere hacerlo porque dice que es un cambio[3] saludable y que ayuda el planeta. No lo puedo creer. ¡Mi hermana siempre sale con la suya[4]! ¿Y ahora vamos a comer tofú y frijoles todos los días? ¿Qué hago?

 134    11

---

[1]**sin embargo** = however
[2]**hasta** = even

[3]**un cambio** = a change
[4]**sale con la suya** = gets her way

Balance_imposible3 · 15d
Tu hermana parece una princesa. Lo siento

... ⬆ 11 ⬇

Vive_y_deja_vivir523 · 15d
Ser vegane es mucho mejor para el planeta. Particularmente los productos lácteos (leche) y la carne (especialmente de vaca) no valen la pena[1]. Usan mucha más tierra[2], agua y producen más contaminación del aire por *menos* comida y calorías de lo que se puede recibir de plantas.

... ⬆ 10 ⬇

Miau_mix123 · 15d
Tu padre dijo que quiere hacer un cambio saludable y que quiere ayudar al planeta. Habla con él y puedes aprender algo. Abre tu mente y puedes encontrar inspiración.

... ⬆ 13 ⬇

El_pez_dice_que_sí · 15d
Yo también soy vegano, así que me gusta mucho la decisión de tu hermana. Sin embargo, cada persona necesita seguir su conciencia, no controlar a las otras personas.

... ⬆ 22 ⬇

----

[1]**no vale la pena** = it's not worth it
[2]**tierra** = land

Me_muero_por_un_taco · 14d

No me gusta la carne. Me ENCANTA la carne. Si mi hermana me dijera que no comiera carne, yo comería aún MÁS carne jaja.

... ⇧ 9 ⇩

Las_vacas_mueren_por_un_taco · 14d

... ⇧ 3 ⇩

Voz_de_la_razon · 14d

¿Por qué no tienes una reunión familiar? De esa manera, todes pueden expresar lo que les preocupa. No siempre sales con la suya, pero de esa manera sabes que todes te han escuchado.

... ⇧ 29 ⇩

¿Cuándo digo que soy queer?

Yo soy un chico de 17 años y soy pansexual. En mi ciudad, hay un centro recreativo adonde todes les jóvenes van los fines de semana. Hay karaoke, baile, juegos – es muy bueno para divertirse y conocer[1] a otres jóvenes. Hace dos semanas, yo conocí a una chica atractiva. Bailamos toda la noche y nos divertimos mucho. Al final de la noche, ella me besó y me dijo que a ella yo le gustaba[2], pero que ella no quería ser exclusiva. Yo estaba bien con eso.

La semana siguiente, yo conocí a un chico muy guapo e interesante. Hablamos mucho, hicimos karaoke y hasta él me besó. Cuando él fue a comprarnos unas Coca Colas, yo vi a la chica de la semana pasada. Ella estaba furiosa. Yo pensé que fue porque yo estaba con otra persona, pero no. Ella gritó que yo era un mentiroso y por qué yo no le dije que yo era gay. Yo le pregunté *¿y qué?* y dije que a mí no me importaba el género[3] de una persona (soy pan[4]). La chica dijo que trajo a

---

[1]**conocer** = to meet   [4]**pan** = pansexual
[2]**yo le gustaba** = she was into me, liked me
[3]**género** = gender

73

sus amigas para conocerme, y que ellas me vieron besando a un chico. La chica se sentía humillada[1].

Yo no quiero que nadie se sienta humillade, pero no creo que yo tenga que revelar mi sexualidad a todos inmediatamente. Es más[2], ella dijo que no quería ser exclusiva. ¿Yo hice algo malo?

Chinchan32 · 7d
Este es un doble moral[3]. ¿Por qué las personas queer tienen que declarar inmediatamente su sexualidad? Es algo muy privado y van a hablar de esto cuando quieran y se sientan en confianza.
... ⬆ 38 ⬇

Billy_la_bufanda2 · 7d
¿Y ella no declaró *su* sexualidad inmediatamente al conocerte[4]? 😒
... ⬆ 15 ⬇

> AbracaDebra000 · 7d
> Más bien, ¿ella no declaró que era *homofóbica* al conocerte? Jaja
> ... ⬆ 9 ⬇

----

[1]**humillada** = humilliated   [4]**al conocerte** = upon meeting you
[2]**es más** = what's more
[3]**un doble moral** = a double standard

Abby_habichuela1 · 6d

Hombre, tú estás bien. No hiciste nada malo. Ella dijo
que no quería nada exclusivo, pero luego llegó con todas
las amigas para ver su impresión de ti. Ella es la
mentirosa, porque *SÍ* quería algo más. Solo que le
importaban demasiado las opiniones de sus amigas. No
pierdas[1] más tiempo con esa chica. No vale la pena.

... ⇧ 13 ⇩

---

[1]**no pierdas** = don't waste

gLOSSARY

this is NOT a dictionary, but a GLOSSARY for this book only. The meanings given are for the context in which used in this book.

a - to, at
abandonan – they abandon
abandonó – she abandoned
abierta - open
abre - opens
abrió - opened
absolutamente - absolutely
abusiva/o - abusive
abuso - abuse
acabamos – we just (did sthg)
acabó - it's over
accidente - accident
acción, acciones – action(s)
aceptaron – they accepted
acepté – I accepted
acostumbrado – used to
actividades - activities
actuar – to act
acuerdo - agreement
adivina - guess
admítelo – admit it
admites – you admit
admití – I admitted
admitió – she admitted
adonde – to where
adulto(s) - adult
agua - water
ahora - now
aire - air
al – to the, upon doing-
algo - something
alguien - someone
algunes - some
amaba - loved
amas – you love
amigo/a/ue(s) – friend(s)
amistad - friendship
amo – I love
amor - love

animales - animals
año(s) – year(s)
antes - before
antipático - unkind
aprendas – you may learn
aprende – she learns
aprender – to learn
aprendes – you learn
aprendió – she learned
aprendiste – you learned
aprendiz - apprentice
aquí - here
arruinaste – you ruined
arruine – it may ruin
arruiné – I ruined
arruinó – she ruined
artículos - articles
asco - disgust
así - so
atención - attention
atractiva - attractive
atrás - back
aún - even
autonomía - autonomy
ayer - yesterday
ayuda - helps
ayudar – to help
bacterios - bacteria
bailamos – we danced
baile - dance
bajarte – get yourself down from
bañarte – bathe yourself
banco - bank
básico - basic
bastante – rather, pretty
basura - trash
bebé - baby
becas - scholarships
besamos – we kiss/kissed

besando - kissing
besaste – you kissed
beso – (a) kiss, I kiss
besó – she kissed
bien - well
bienvenida - welcome
biología - biology
boca - mouth
bonita(s) - cute
brasieres/bra - bra
buen/o/a/e(s) - good
busca - seek
cada - each
cae - falls
calcetines - socks
calificaciones - grades
calorías - calories
cama - bed
cambia - change
cambio - (a) change
cambió - changed
cansado - tired
carne - meat
casa - house
casi – almost
caso - case
castigaron – grounded/punished
celos - jealousy
celosa - jealous
centro - center
cepillo - brush
cero - zero
cerré – I closed
chica(s) – girl(s)
chicle – chewing gum
chico - boy
cita(s) – date(s)
ciudad - city
civilizada - civilized
claramente - clearly
claro - clear
clase(s) – class(es)
cochina - pig
cocinar – to cook
colegio – school, high school
comemos – we eat
comer – to eat
comería – I would eat

comerlas – to eat them
comes – you eat
cómico – funny, comical
comida - food
comiendo - eating
comiera – were to eat
como – like, I eat
cómo - how
comparte – share
comprarnos – to buy us
común - common
comunicamos – we communicate
comunidad - community
con - with
concepto - concept
conciencia – conscience
condiciones - conditions
confesiones - confessions
confía – trust, he trusts
confiaba – I trusted
confianza – trust, confidence
confiar – to trust, confide
confías – you trust, confide
confíen – they may trust
conmigo – with me
conocer – to meet, to know
conocerme – to meet/know me
conocerte – to meet/know you
conocí – I met
conoció – she met
consecuencias - consequences
consejero/e - counselor
considera - consider
considerado - considerate
contaminación - pollution
contenta – content, happy
contigo – with you
contraseña - password
controlar – to control
controlarte – to control you
controlen – control
convencerla – to convince her
convencí – I convinced
copia – he copies
copiamos – we copy
copiar – to copy
copiara – he may copy
copias – you copy

copie - may copy
copió – he copied
corazón - heart
corre - run
correcto - correct
correspondidos - reciprocated
corría - ran
cortina - curtain
cosa(s) – thing(s)
cree - believes
créele – believe them
créelo – believe it
creer – to believe
crees – you believe
creo – I believe
critica - criticizes
críticos - critics
cuáles – which, what
cualquier - whichever
cuando - when
cuarto - room
cuernos – *see "ponerle los…"*
culpa - blame
cumplí – I fulfilled
da - gives
dale – give him/her/them/it
dar – to give
darle – to give him/her/them/it
de – of, from, about
debe - should
debemos – we should
deben – they should
debes – you should
debía – he shouldn't (past)
debían – they shouldn't (past)
debo – I should
decía – it said
decidí – I decided
decidió – she decided
decir – to decide
decirles – to tell them
decisión, decisiones - decision(s)
declarar – to declare
declaró – she declared
defensivo/a - defensive
del – of/from the
delatan – they tell on
delaté – I told on

delicioso - delicious
demasiado – too much
demonio - demon
demostrará – she/they will show
demuestra – she/they show
depende – it depends
derecho(s) – right(s)
desastre - disaster
descubra – may discover
descubrieron – they discovered
desde – since
después - after
destrozado – destroyed, wrecked
día(s) – day(s)
dice - says
dicen – they say
dices – you say
diciendo - saying
diciéndome - telling me
dientes - teeth
diferente - different
difícil - difficult
diga – he may say
digo – I say, tell
dije – I said
dijera – she were to tell
dijeron – they said, told
dijo – said, told
dinero - money
Dios - God
directamente - directly
disciplinarnos – to discipline us
discutimos – we arguedi
dispensadores - dispensers
distinguir – to distinguish
divertimos – we had fun
divertirse – to have fun
doble - double
dos - two
drástico - drastic
ducha - shower
e - and
echaron – they threw
echas – you throw
editado - editado
ejemplo - example
el - the
él – he, him

eligió – she chose
ella – she, her
ella/e/o(s) – they
embargo – *see "sin embargo"*
emocionalmente - emotionally
empezar – to begin
empezó – began
empiezo – I begin
en – in, on, at
encanta - loves
encerrado – locked in
encuentro – I find
enfermar – to become ill
enojada - angry
enojaron – they became angry
enseñan – they show
entero - whole
entiende - understands
entienden – they understand
entiendo – I understand
entonces – then, so
entrar – to enter
entre – between, among
entregarlo – to turn it in
entregó – he turned it in
entró – he entered
equivocó – he made a mistake
era - was
éramos – we were
eran – they were
eres – you are
es - is
esa(s) – that, those
escápate - escape
escolar – school (related)
escriben – they write
escribí – I wrote
escribiendo - writing
escribió - wrote
escribirían – they would write
escuchar – to listen
escucho – I listen
escuela - school
ese(s) – that, those
eso - that
espacio - space
especialmente - especially
específico - specific

espera - waits
esperar – to wait
esperen – they may wait
esposo - husband
esta - this
está - is
estaba - was
estábamos – we were
estamos – we are
están – they are
estar – to be
estarán – they must be
estás – you are
este/o - this
estoy – I am
estudiante(s) – student(s)
estudiar – to study
estudio – I study
estúpido/a(s) - stupid
estuvo - was
evidentes - evident
exacto - exact
excepciones - exceptions
excesivo - excessive
exclusiva/o – exclusive
excusas - excuses
existe - exists
exnovio – ex boyfriend
exorcismo – exorcism
experiencia(s) – experience(s)
fácil - easy
falsa - false
familia(s) – family/families
favoritos - favorite
feas - ugly
felicidad - happiness
feliz/felices - happy
feo – ugly, bad
fiel - faithful
fin(es) – end(s)
forma - form
formaron – they formed
foto(s) – photo(s)
franca – frank, honest
frijoles - beans
frutas - fruits
fue – it was, she went
fuera – I were

fueran - they were
fueras - you were
fueron – they were
fuertes – strong, harsh
fui – I went
fuimos – we went
furiosa/o - furious
futuro - future
ganar – to earn
gano – I earn
gato - cat
género - gender
gerente - manager
gracias - thanks
grandes - big
gritando - yelling
grité – I yelled
gritó - yelled
grupo - group
guapo – good-looking
guau - wow
gusta – likes it
gustaba – liked it/him/her/me
gustan – like them
habla - talk
hablaba – I would talk
hablamos – we talk, we talked
hablan – they talk
hablar – to talk
hablas – you talk
habló - talked
hace - does
hacen – they do
hacer – to do
hacerle – to do to him
hacerles – to do to them
hacerlo – to do it
haces – you do
hacía – did, were doing
haciendo - doing
hagas – *no hagas* don't do
hago – I do, make
han – they have
hará - she'll do
haría – I would do
has – you have (done)
hasta – until, even
hay – there is, there are

haya –*no haya* hasn't
haz - make
he – I have (done)
hecho – done
helado – ice-cream
hermana/e/o(s) - siblings
hermosa - gorgeous
hice - I did
hicieron – they did
hicimos – we did
hiciste – you did
hije/o(s) children
histérica - hysterical
historia - history
hizo – did, *le hizo caso* heeded
hombre - man
homofóbica(s) - homophobic
honesta/o(s) - honest
hora - time
huelen – they smell
hueles – you smell
humanos - human
humillada/e - humilliated
iba – I was going
idiota - idiot
ignores *no ignores* don't ignore
igual(es) – equal, same
imagen - image
imaginar – to imagine
impopular - unpopular
importa – it matters
importaba – it mattered
importaban – they mattered
importante(s) - important
importas – you matter
impresión - impression
impresionar – to impress
incluso - including
infiel - unfaithful
información - information
informado - informed
informarte – to inform yourself
informe - report
inhumano - inhumane
inmediatamente - immediately
inocente - innocent
inodoro - toilet
insistí - insisted

inspiración - inspiration
inspiradores - inspiring
instintos - instincts
interesa – it interests
interesante – interesting
invadir – to invade
inventa - invents
inventan – they invent
invita – invites, picks up the tab
invitan – they invite, pay
invitaría – *would invite*
invitó - invited
involuntariamente involuntarily
ir – to go
jaja - haha
jarra - jug
jóven(es) – teen(s), young adults
juego(s) – game(s)
jugando - playing
junta/e/o(s) - together
justificar – to justify
justo - fair
juzgar – to judge
juzgo – I judge
la – the, her
lácteos – milk-related
las – the, them
lavo – I wash
lección(es) – lesson(s)
leche - milk
leer – to read
lees – you read
leí – I read (past)
leo – I read (presently)
les – to them
libro(s) – book(s)
límites – boundaries, limits
línea - line
llamo – *me llamo* my name is
llegar – to arrive
llegó - arrived
lo - it
loca/o(s), loques - crazy
los - them
luchar – to fight
luego – then
macarrones - macaroni
madre - mother

maduras - mature
malo/a(s) - bad
mamá - mom
mañana – morning
mandándome – sending me
manejado - managed
manejar – to manage
manera - way
manipulación - manipulation
manipulador - manipulative
manipulas – you manipulate
mano - hand
mantener – to maintain
más – more, most
mejor(es) – better, best
mencionar - to mention
menos - less
mensaje - message
mente - mind
mentir – to lie
mentiras - lies
mentiroso/a(s) – liar(s)
mesa - table
meses - months
metiche - busybody
mi - my
miedo - fear
mienten – they lie
miento – I lie
mil – a thousand
mío/a/e(s) - mine
mira – look at
mires – *no mires* don't look
mis - my
misma/o - same
mocos - boogers
molesta - bothers
momento - moment
monstruo - monster
moral – moral
mucha/o – a lot
mucha/o(s) - many
mujeriego - womanizer
mundo - world
murió - died
muy - very
nada – nothing, not at all
nadie no one

necesariamente - necessarily
necesario - necessary
necesita - needs
necesitaba - needed
necesitan – they need
necesitas – you need
necesito – I need
ni – neither, nor
niña/o - child
ningún – no, not any
noche - night
nombre(s) – name(s)
nosotres – we, us
noticias - news
novia/e/o – significant other
nuestra/o/e(s) - our
nuevo - new
número - number
nunca - never
o - or
obsesión - obsession
obtener – to obtain
obvio – obvious, obviously
odian – they hate
odiar – to hate
ojos - eyes
oler – to smell
olor – (a) smell
olvidar – to forget
olvídate - forget
opción(es) – option(s)
opinión(es) – opinion(s)
oportunidad - opportunity
oscuridad - darkness
oso *qué oso* how embarrassing
otra/e/o(s) – (an)other(s)
paciente - patient
padre - father
pagando - paying
papá – dad
par - pair
para – for, to
parece – it seems, appear
parecen – they seem, appear
particularmente - particularly
pasa - happens
pasada/o - past
pasamos – we spent

pasando - happening
pasar – to spend
pasé – I spent
pasión - passion
paso – I spend, (a) step
patológico - pathological
pedos - farts
peligroso - dangerous
pena – shame, pain
pensando - thinking
pensar – to think
pensé – I thought
peor(es) – worse, worst
pequeña/o(s) - small
perder(lo) – to lose (him)
perdido - lost
perdón - forgiveness
perdona - forgive
perdónala – forgive her
perdonarla – to forgive her
perdoné – I forgave
perdones – you may forgive
perfecta/e(s) - perfect
permitas *no permitas* don't let
permiten – they allow
permití – I allowed
permitir – to allow
permitirme – to allow me
permitiste – you allowed
permito – I allow
pero - but
perro - dog
persona - person
personalmente - personally
personas - people
pesticidas - pesticides
pide – she asks
pidió – she asked
piensa - thinks
piensan – they think
piensas – you think
pierdas *no pierdas* don't waste
pipi - pee
piso - floor
planeta - planet
plantas - plants
plato - plate
plomera - plumber

poca/poco – (a) little, little bit
pocas - few
podemos – we can
podía – I could
poeta - poet
poner – to put
ponerle los cuernos - to cheat on
ponerte – to put on yourself
pones – you put
pongo – I put
poniendo – putting
popular(es) - popular
por – for, because of
por fa/favor - please
porque - because
posibilidades - possibilities
posible - possible
posiblemente - possibly
precio - price
prefería – she preferred
prefiero – I prefer
pregunta – (a) question
preguntarme – ask myself, wonder
preguntas - questions
pregunté – I asked
preocupa – it worries
prepara – he prepares
preséntalo – present it
prima - cousin
primero/a - first
prioridad - priority
privacidad - privacy
privado - private
probablemente - probably
problema(s) – problem(s)
problemáticas problematic
producen – they produce
productivo - productive
producto(s) – product(s)
profe – professor, teacher
pronuncian – they pronounce
pronunciar – to pronounce
propio/a(s) - own
propones – you propose
próxima - next
proyectar – to project
psicológica – **psychological**
psicológicamente psychologically

publican – they post
pude – *no pude* I couldn't
puede - can
puedes – you can
puedo – I can
puerta - door
pues - well
punto - point
puse – *puse los cuernos* I cheated
puso – she put, *se puso* became
que – that, than
qué - what
quería – she wanted
queso - cheese
quién(es) – who
quieran – they may want
quieras – you may want
quiere – wants
quieren – they want
quieres – you want
quiero – I want
quitar – to take away
quitaron – they took away
rara/es – strange
rata - rat
razón - reason
reacción - reaction
realmente - really
recibir – to receive
recientemente recently
recreativo recreational
redes sociales – social networks
reflexiona - reflect
reflexionar – to reflect
regaste – you screwed up
regla - rule
reina - queen
reír – to laugh
relación/es – relationship(s)
renunciar – to quit
repetirlo – to repeat it
reportarlo – to report it
reprueba – he is failing
resolver – to resolve
respeta - respect
respetaba – I respected
respetan – they respect
respétate – respect yourself

responde - responds
responden – they respond
respondía – he was responding
respondió – he responded
respuesta - response
resto - rest
revelan – they reveal
revelar – to reveal
ridículas - ridiculous
robas – you steal
romántica - romantic
rompe – break up
romper – to break up
rompería – I would break up
rompió – broke up
ropa - clothing
roto - broken
sabe - knows
saben – they know
saber – to know
saberlo – to know it
sabes – you know
sabíamos – we knew
sabrán – they will know
sale – she ends up
sales – you end up
salí – I went out
salir – to go out
saludable - healthy
salvar – to save
sanar – to heal
santurrona – holier-than-thou
sé – be, I know
seas – *no seas* don't be
secreto(s) – secret(s)
seguir – to continue, follow
segunda/o(s) – second(s)
seguramente - surely
semana(s) – week(s)
señales - signs
sentía - felt
sentimientos - feelings
sentó – she sat
ser – being, to be
será – it might be, will be
seres - beings
seriamente - seriously
serio - serious

sesión - session
sexualidad - sexuality
si - if
sí – yes
sido - been
siempre - always
sienta – may feel
sientan – they may feel
siente – she feels
siento – *lo siento* I'm sorry
significa - means
sigo – I continue
siguiente - following
simplemente - simply
sin embargo - however
sinceramente - sincerely
sino - rather
situación - situation
sobre - about
sola/o – only
solución - solution
somos – we are
son – they are
soñado - dreamed
sorpresas - surprises
soy – I am
su(s) – his/her/their
sucia - dirty
suerte - luck
sufren – they suffer
supermercado - supermarket
suspendido - suspended
suya – his/hers/theirs
tal - such
también - also
tampoco - neither
tan – so
tantas – so many
tanto – so much
tarde - late
tarea - homework
técnicamente - technically
teléfono - telephone
tema – theme, topic
ten - have
tendencias - tendencies
tenemos – we have
tener – to have

tenga – may have
tengo – I have
tenía - had
teníamos – we had
tenían – they had
tenías – you had
tenido - had
texto(s) – text(s)
ti - you
tiempo - time
tiene - has
tienen – they have
tienes – you have
tierra - land
tipos - types
toda/e/o(s) - all
todavía - still
tomamos – we take
tomar - to take
tomo - I take
tomó - took
totalmente - totally
tóxica - toxic
trabajando - working
trabajé – I worked
trabajo – I work
tradicionales - traditional
trajo - brought
transparente - transparent
trata – tries, treats
tratado - treated
tratan – they treat
tratar – trying
trataron – they treated
traté – I tried
trates – *no trates* = don't try
triste - sad
trivial(es) - trivial
tu(s) - your
tú - you
uf - yikes
un/a/e/o – a, an, one
una/es - some
única/o(s) - unique
universidad - university

usado - used
usan – they use
usando - using
usar – to use
usas – you use
uso – I use
ustedes – you all
va – is going
vaca - cow
vale – it is worth
valen – they are worth
vamos – we're going
van – they are going
vas – you go
vaso - glass
vean – they may see
veces - times
vegana/e/o(s) - vegan
vemos – we see
ven – come
ventana - window
veo – I see
ver – to see
verdad(es) – truth(s)
verdadero/a(s) - true
verduras - vegetables
vestirte – to dress yourself
vez - time
vi – I saw
víctima - victim
vida(s) – life, lives
videojuegos - videogames
vieron – they saw
vio - saw
violación - violation
vivir – to live
voluntariados – volunteer jobs
volver – to return
volvieron – they returned
voy – I'm going, I go
xadres - parents
y - and
ya – already *ya que*-since
yo - I

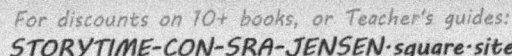

www.ingramcontent.com/pod-product-compliance
Lightning Source LLC
Chambersburg PA
CBHW071234170626
46809CB00008BA/3065